Baldomero

F✷SF✷R✷

LEANDRO RAFAEL PEREZ

Baldomero

(Ou Babá, para os íntimos, inexistentes)

PARTE I

7 Até o colchão *(sem fronha)*

PARTE II

43 Após o baque *(você quis dizer Valdomiro?)*

PARTE I

Até o colchão

(sem fronha)

BALDOMERO SÓ QUERIA SE CHAMAR VALDOMIRO. O nome vinha da rua onde nasceu e viveu por vinte anos: Baldomero Fernandez, Divisa Diadema. À época, sua mãe considerou o nome bonito, único — talvez por falta de figura masculina mais significativa.

Tinha quem o chamasse de Val, e teve aquela bichinha, ah, aquela bichinha, que uma vez o chamou, entre berro e sussurro, de Babá, no intervalo das mamadas.

Baldomero, nunca Bal, como preferia ser chamado, subia agora a ladeira pra pegar a perua rumo Jabaquara. O trajeto? Dali era perua, metrô e busão até o apê que dividia no Butantã com uma colega da firma.

Esta história se passa antes da Linha Amarela.

Tinha ido visitar a *senhoura*, como às vezes chamava a mãe, quase por galhofa, e já na perua, cabeça contra o vidro, se lembrou do cartaz de uma peça que o Aílton Graça colou na lotação em que trabalhava como cobrador no começo de sua carreira de ator.

Lembrou, também, da vez em que sua testa ensebada de adolescente sujou o vidro pelo qual a mãe resolvia alguma treta no banco. Os dedos tentavam limpar, mas só espalhavam o sebo, o olhar aflito ora na mãe, ora na atendente.

A faculdade de pensar, quem sabe, é mera resposta humana à insolência das memórias, à liberdade delas, à aleatoriedade. Pegar as memórias e pensar em vez de apenas recebê-las sem aviso, cativos eternos de um filme dadá.

Já no metrô, portanto, pensou. Pensou no apelido almejado e lembrou, tudo doía: Fernanda, às vezes Fê, a moça com quem dividia o apê — amiga seria uma palavra forte demais aqui —, um finde sumiu. Desapareceu sexta e foi trampar direto segunda, tendo dormido não se sabe onde. Estava entediado, com o local só pra si, e ligou pruma bicha indicação de outro cara que tinha pegado. Miava mais do que a média que ele costumava curtir, mas era bonita: cabelo cacheado, grande e solto, o corpo magro definido sem esforço que algumas juventudes oferecem. Passiva absoluta do pau fino e longo, do subgênero que você trisca na pessoa e o dito já fica duro e em riste fica, pelo tempo da diversão.

Lembrava como se fosse ontem, não há pensar sem lembrar, Baldomero ainda de camiseta, a bicha inteira nua, de joelhos no chão, peito de poucos pelos contra a beirada da cama com o seu pau na mão, rindo de orelha a orelha, a risada acentuando o rosto escorrido do rapaz.

"Ô Babá, me dá leitinho, dá? Quero porra, caralho."

Batia pra ele uma daquelas rápidas, de quem quer que o outro goze logo; nosso protagonista percebeu isso e com facilidade puxou a bicha pra cama, jogando o corpo dela por cima do seu, dedando o cu, querendo coito.

Luta tão ferrenha quanto bêbada, que bela palavra é sofreguidão, e na luta sôfrega a bichinha ganha, insiste na punheta, desvia a bunda, foge, ri alto, com gosto, motel serve pra isso, e reaparece com a cabeça entre as coxas do outro com saliva e maestria.

Ela o fez gozar farto, e na cabeça ainda o eco de risadas e da alcunha, risadas intercaladas pelo apelido improvisado, magnânimo. Como se tivessem planejado daquela noite tudo, cada detalhe de uma lua de mel, descansaram e aí sim meteram. Permanece a palavra sofreguidão, assim como ficam a beleza e sua luta contra o efêmero, corpos rentes o tempo todo, boca marcando presença em orelha alheia, orelha própria em língua alheia, mordendo, mordiscando, sussurrando Babá e outros palavrões.

Seria um ótimo budista o nosso protagonista — talvez, pois, dos baixios de sua espessura de ripa, sofria pouco; mas ainda hoje sentia e dodoía o impacto daquela noite em sua vida, o rombo deixado em sua absorção dos fatos, em como perceber, ou até definir, o que diabos seria solidão.

Não é fácil ter nome feio ou difícil, não é fácil achar quem te trate feito gente e trepe bem, concluiu. Pois pensar transcende o mero lembrar se daquilo tiramos algo, deduzimos algo. "Queria tanto um companheiro", pensou sem ironia, embora evocasse sem querer um bordão homofóbico dos anos 2000, quem sabe oriundo de um quadro do *Zorra Total*.

Caçou o mino como pôde, coisa rara de fazer, mas os convites pra trepar de novo foram todos recusados; os pra beber também ignorados. Quando viu que não ia rolar nem de novo nem algo a mais, abstraiu, deu seus pulos, e trapezista decidiu: queria alguém que o chamasse por aquele apelido de novo. Mais de uma vez e por um bom tempo, de preferência.

Queria chuva no sertão, raio na caatinga, um segundo acaso, que por tesão ou por afeto um novo alguém deduzisse, decantasse de seu feio nome o engenhoso apelido que nele se roçava, primaveril.

Em último caso, admitia, forçar, fraudar. O apelido, por direito, era seu. Incrustado em seu nome de batismo. Melhor do que nada, sempre concluía quando chegava a esse ponto. Baldomero diria ao namoradinho em potencial, imaginário a esta e tantas outras alturas no futuro, que sempre quisera ser chamado de Babá, mas nunca fora. A um virgem pidão nada se nega, incluía em sua argumentação hipotética. Obliterada a origem, diria, ressentido, que embora odiasse o próprio nome, desde a constelação de apelidos e corruptelas possíveis, Babá era a escolhida, estrela-d'alva.

Já no busão, repetia as sílabas do apelido benfazejo: Babá. Ba-bá. Um auto-Lolita.

Babá.

Ba

bá.

"Seu bosta."

Assim o recebeu Fernanda, a Fê, quando chegou em casa. Ela reclamou da louça suja, da casa um lixão, da quantidade de cara estranho que ele levava pra lá e ameaçou expulsá-lo. Ouviu quieto — o aluguel estava no nome dela.

Baldomero e Fê trabalhavam na mesma firma e setor, turnos diferentes. Telemarketing, numa central a poucos metros da praça da República. Foi num happy hour da firma que a vida dos dois se laçou entre.

Levara Henrique para não se sentir tão deslocado, era novo na empresa. Em minutos, Henrique e a riponga, que se orgulhava de trabalhar só para complementar a mesada e comprar jeans caro, se amigaram unha e carne. Naquela noite mesmo, Henrique descobriu que a moça precisava de alguém com quem dividir apê e decidiu que esse alguém seria Baldomero, e foi. Por um tempo.

Era um apartamento no último andar, o quarto, de um pequeno prédio de esquina no Jardim Rizzo, Butantã. Os bairros da capital paulista são de pouca consequência e, quase sem bairrismos ou saudosismo, mal se dividem, se divisam em uma deliciosa bagunça que a poucos importa, afora corretores e curiosos.

Intelectual metido a besta, Henrique era o mais próximo de melhor amigo que Baldomero tinha. No futuro, haverá quem chame isso de BFF, infelizmente.

Se conheceram quando Baldomero ainda cursava geografia na FFLCH-USP; Henrique, letras. Outro ponto de contato entre ele e Fernanda, que pirava numa semiótica. O amigo tinha o cabelo longo e ralo quase loiro, os olhos exageradamente grandes pro tamanho do rosto, mas nadinha comparados à armação retrô de acetato preto que usava grau. Tinha a pele cor de leite azedo e uma bondade que era ao mesmo tempo radiante e curta. Brechó e risadinhas.

Se pegaram, óbvio, mas esfriou depressa: companhia de balada, ombro para as chorumelas. A lua de mel foi quando desceram praia juntos, os pinheiros tortos de Peruíbe e os spas não visitados de lama negra. O sal do ar direto à boca, a maresia à vista e muita nudez, mas algo arrefeceu quando sequer havia sido amor.

Entre o desejo e o preciso, limbo. Depois mofo, depois madeira carcomida de areia ninguém sabe como chegou ali e subir serra.

Algo na virilidade de Baldomero mais afastava o amigo do que o excitava; algo na taciturnidade do amigo mais assustava do que encantava Henrique.

A querela de agora, portanto, era a querela de tantas vezes: Fernanda acionava Henrique na primeira rusga, e lá ia a vida de Baldomero ladeira abaixo feito a Estrada Antiga do Mar, que íngreme ainda conecta a Armando de Arruda Pereira à Cupecê.

Decidiu agir nosso protagonista, se preservar, juntar o útil ao agradável, pois. Sossegar o facho, dar um descanso à glande esfolada de tanta putaria e arranjar um namoradinho.

Emocionado e resoluto, pôs na ponta do lápis suas parcas opções:

✳ Charles, conhecido da Vila Clara, tinha a porra mais farta e aguada que já tinha visto na vida, achava estranho, pegou trauma da vez que lhe acertou o olho esquerdo;
✳ Franciscano, nome pior que o seu, em sua abalizada opinião, era um charme, mas estava eliminado de antemão, porra-louca demais até pra ele, imagina pra Fernanda; e
✳ Octavio...

Octavio, pronuncia-se "otávio", conhecido do Henrique lá da FFLCH, era o mais recente dos casinhos e oferecia algo tão curioso quanto novo.

Baldomero era capaz de dar, vez até de gostar, mas a imagem do sexo com ele socando algo era tão fremente em sua cabeça de cima que não tinha por que negar: o prazer vinha dali, ao menos o seu, mas Octavio era promessa de outros lances: broderagem, *sword fight*, *docking*, termos em inglês pro que sempre existiu onde havia dois machos, rinha de galo, treta de cão. Penetração difícil, dificultada, dificultosa. Uma definição elétrica de foda.

Orkut:

"Queria algo mais sério. Bora trepar de novo e tentar?"

"Podemos tentar. Boteco na sexta?"

Marcaram no bar da Lôca, que não é do mesmo dono da saudosa balada GLS A Lôca, trívia básica; dos motéis próximos, o seu favorito ficava perto, o Shack: pernilongos poluindo de zunido memórias de prazer e intimidade, era só voltar pela Peixoto Gomide e descer a Augusta um pouco, continua sendo.

Baldomero gostava de marcar os *dates* ali porque, se desse ruim, ao menos aproveitava a vista (os novinho na rua só na maconha e balalaika) e se sentia seguro caso terminasse por lamber sarjeta, morder guia, travado de cachaça.

De camiseta do Nirvana, shorts jeans rasgados e tênis fantasmagoricamente surrado, chegou Octavio, alto, magro com pancinha, as pernas especialmente finas.

Primeira coisa que disse o protagonista:

"Quantos anos tem esse tênis?"

Primeira coisa que pensou o protagonista:

"Puta perna broxante do caralho, parece um par de antena essa merda, vai ter que ser frango assado, nem fodendo esses cambitos dão conta de dar de quatro, tinha esquecido."

Como se fosse *Annie Hall*, de Woody Allen, de 1977. O tênis tinha oito anos de uso quase diário, "Rombo só na sola direita", respondeu o outro.

"O problema do capitalismo são as horas trabalhadas, não dá pra ter uma vida no tempo entre transporte, trampo, facu e sono ruim, mano, não dá, a única solução real é exigir que as empresas paguem o mesmo pra gente trabalhar menos tempo", defendeu o canela diâmetro quatro centímetros.

"Só", acrescentou Baldomero.

Foram bons seus poucos anos de FFLCH, teriam sido quase três? Dois anos de cursinho enquanto pulava de telemarketing em telemarketing até passar em geografia. E continuar no telemarketing.

Como é longe o Butantã da zona Sul, como é longe a zona Sul dos trampos do centro. Impossível triangular a vida quando se vive em São Paulo. Mesmo depois de se mudar com Fernanda pra zona Oeste, não demorou muito para cair nas estatísticas de evasão acadêmica. Curtiu como pôde, enquanto pôde.

Sempre o chocou o fato de a FFLCH ser incapaz de dar uma boa festa: meia dúzia de "héteros" ao redor de uma caixa de som e era isso, mas não tinha uma Quinta&Breja da ECA, em que ele não serrasse um beck ou descolasse ao menos uma chupetinha.

Suspirou e olhou para Octavio, lê-se "otávio", como se as lembranças não trouxessem rancor, como se os últimos seis meses, difíceis, tivessem sido na verdade um passado bom e remoto.

Depois de algumas cervejas e risadas seduzentes, foram pro Shack e conduzidos a um dos quartos do subsolo. Lhe vieram outras lembranças boas, ao som de pernilongos, se sentia bem, bem o suficiente para emitir uma opinião:

"Gosto que aqui em São Paulo você não entra em motel sem RG, acho certo, já foi em motel em outro estado? Cê entra sem."

"Deixa os novinho trepar", disse Octavio, e adicionou, em gana súbita de concordar com o oponente e gerar a si mesmo um contra-argumento: "Que responsável".

"Deixa os novinho trepar. Que responsável."

Octavio queria dar e as mãos agiram de acordo, Baldomero só concordou. Quando quisesse a dificuldade do sexo entre machos, tacaria na cara do futuro namorado as promessas de virilidade, mas esta noite, esta noite, não, era o dia de selar pactos, construir.

"Me chama de Babá."

"Quê?"

Me chama de Babá, por favor, chupa aqui, Cê fala que trepa com menor de idade e agora essa porra de Babá, Caralho, não foi o que eu disse, eu era o menor, Sai daqui, perdi o tesão, sai fora.

"E eu faço o que com meu pau duro?"

Além da violência que se seguiu, o triste nisso tudo é que viado fica a vida toda se fazendo de machão pro espelho, na rua, na internet, pra, com dois meses de namoro, pintarem as unhas um do outro.

Além da violência que se seguiu, Baldomero gastou parte do

que seria o aluguel pagando os danos ao quarto no baixo limite de seu cartão de crédito.

Além da violência que se seguiu, felizmente, não namoraram.

"E o meu pau duro, como é que fica?"

UMA ÁRVORE MAIOR QUE UM PRÉDIO? A humanidade se culpa pelo espaço que ocupa, mas em Natal há um cajueiro eterno e solitário a ocupar quadras e quadras, e, aqui na letras, esta árvore maior que um prédio.

Só de calouro, seiscentos a mais todo ano; a horda dos quase jubilados e alunos de uma matéria só no esforço de se formar, ou não jubilar; alguns privilegiados que o dia todo ficam por lá, entre cochilos e partidas de tranca vespertinas, para pegar aula de manhã e de noite em grades horárias tão confusas quanto de dedicação exclusiva; dezenas de funcionários, todos num único caixote cinza-claro.

Não é bela a árvore maior que o prédio da letras, e faz sombra a nada, já que as poucas mesas de plástico no corredor externo à lanchonete e à xérox ficam sob outro andar. Tem dois térreos o prédio tosco em terreno torto.

Baldomero observava a árvore; embora, de onde estava, não conseguisse ver que era maior que o prédio. Sentado à última mesa externa, numa quina entre paredes, esperava Henrique. Numa das paredes, uma versão reduzida de uma pichação — com x é coisa de quem faz — que já havia visto pela cidade: um rosto abstraído de mulher nascia menor dentro de outro rosto de mulher, um pouco maior, este dentro de outro ainda maior, feito os ramos que crescem de um galho ou como se desmonta uma matriosca.

Das opções da lanchonete, pegou o combo 2: pão de queijo e café com leite.

Chega Henrique, saltitante.

"Primeiro achei que ele queria um michê", disse Henrique, o sorriso na fala era o mesmo do andar saltitante. "Depois vi que era só cacura mesmo. Bicha velha. Mas que papo!", continuou, com os olhos brilhando. "Manja tudo de literatura, parou de escrever nos anos oitenta, pelo menos é o que ele diz, mas ainda tem aquela aura de poeta maldito, sabe? De artista mesmo. E quem se chama Camões? Ainda descubro o nome dele, truqueira que só ele... Tesão não é a palavra certa, é como se fosse um interesse sincero que espraia pra tudo que é lado e de repente cê tá pelado, sabe?" E ria, ébrio de sua própria vida cheia de emoções e pequenos problemas que dinheiro não resolve.

Se curvava em direção ao amigo, usava uma mão por vez pra mexer na outra, os olhos cegantes, inteiro ouvidos pro ouvinte, mas sem parar de falar. Nos raros ínterins de pausa, subia uma tensão quente no ar, que demandava de Baldomero não um simples assentir, mas uma agressão àquela bolha de felicidade ou uma confissão.

Nenhuma das duas coisas ocorreu e provavelmente não ocorreria.

Reservado, taciturno, seriam palavras para descrever nosso protagonista, mas a verdade é que era sobretudo sozinho. Não solitário, palavra que tem pecha um pouco mais de escolha. Ele e a irmã transitaram desde cedo entre a casa da mãe e a da tia, que à época morava perto. Casada e sem conseguir ter filhos, descontava nos sobrinhos a carga extra de afeto e comida de que dispunha, e, com isso, tirava a amargura de não ser mãe, destilação.

Quando tia e marido se mudaram pra Ribeirão Preto, lá foi Ingrid junto. Quando voltou, foi por pouco tempo e já menor aprendiz, menstruando. Um abismo entre ela e o irmão caçula. Foi a pior fase para Baldomero.

Nesse pouco tempo, Ingrid trampou, se bancou uma particular de biblioteconomia e voltou pro interior assim que encontrou emprego.

E cá ficaram Baldomero e dona Gorete, mãe solo, jovem, quase serena, alheia ao universo de ódio e hormônios do filho a bater punheta em cima de revistas femininas: homens seminus nas seções de *quiz* de como achar namorado, espuma cobrindo estratégica lascas de carne mas deixando livre ao menos um mamilo, uma puxada de músculo da coxa ou tanquinho. Páginas à frente, muita alface, às vezes um rabanete em intercambiáveis matérias de dietas mirabolantes.

Baldomero ainda bebê e Ingrid com menos de três, desapareceu o pai. De macho em casa só os rompantes de briga do filho na rua entre a infância e a adolescência e a lembrança de um certo namorado de Ciudad del Este que Gorete conheceu comprando tecido e que introduziu no lar o apreço de mãe e filha por guarânias. Nasais se espraiando por vogais misteriosas, com o susto aqui e ali de uma palavra em espanhol que o ouvido brasileiro pegava entre a melancólica viola e a pungência dos coros.

A tradição manda chamar de tio o cônjuge da tia. Baldomero não tinha razão para tal. Nunca o garoto encontrou naquela casa o ambiente seguro, o segundo lar que a irmã via. A sombra que esse outro Henrique, nunca tio, deitava sobre ele era gigante e incômoda. Ainda está para nascer neste mundo quem se autoproclame viado sem ter sido xingado disso antes. Mais pra dentro do século 21, Baldomero sentirá carinho e tristeza frente aos memes de criança viada.

Os olhos de Henrique ainda estavam no amigo, mas tinham perdido o brilho, pois aquele tinha perdido deste a atenção, e a boca dele mudou também, houve silêncio.

Da colisão de Henriques, surgiu inesperado um *onde* perto e um *quando* sem ambos: Baldomero num corredor da filosofia, mais de um ano atrás, um semestre em que ficou sem trabalho, antes de entrar na mesma empresa que Fernanda, quando conseguiu assistir a uma optativa, sua primeira e única, seu cérebro passeando voraz, devorando urgência de temas mais lentos e complicados do que a longa e complexa sintaxe de suas respostas. Não menos difícil era descrever como a luz encontrava vespertina estranhos jeitos de ocupar em faixas pálidas tanto o mausoléu, que é o prédio do meio das humanas no campus Butantã, quanto essa memória, que era viscosa entre a melancolia e a saudade, breve prisão da qual era preciso sair, dela sim com urgência: havia um amigo em silêncio a se encarar.

Devolveu os olhos e a boca ao Henrique atual:

"Me empresta duzentas pilas? Preu pagar o cartão..."

"Cê sabe que não tenho."

"Não vou ter grana pro aluguel, a Fê me mata..."

"Mas é claro, porra, cês trabalham no mesmo lugar, mesmo cargo, se ela tem grana pro aluguel, cê tem que ter também, parcela, paga o mínimo, desculpa, Bal, não vai ter como..."

"Ao menos me promete que não conta pra ela?"

A luz de volta aos olhos, mas tímida, aquela tímida de pena.

Baldomero, nunca Bal, como preferia ser chamado, parou para refletir um pouco sobre a situação das ovelhas negras da classe média, com certo desprezo. Ter uma rede de segurança tão grande, firme, mas perpetuamente desconfortável. Nunca estender ou reforçá-la com as próprias mãos. Quão estranho deve ser o som de quando colidem os discursos. Décadas de investimento pro jovem escolher algo que não dá grana. Mas mesmo assim o afeto, mesmo assim a grana entrando.

Dois anos de cursinho pago com trampo zoado pra compensar a escola pública, entrar em geografia e não conseguir acompanhar, não conseguir bancar a integração ônibus-metrô-ônibus — esta história se passa antes da Linha Amarela —, ter que pegar o Jardim Miriam-Vila Gomes quase a linha toda, quase de praça a praça, de Miriam a Elis Regina, uma das praças não tem sobrenome, acordar às cinco e meia pra chegar atrasado pra aula das oito, ah, foda-se...

"Então, cê deu pro tiozão?"

"Foi mais uns amassos... Com ele é diferente, eu n..."

Queriam que eu o chamasse de tio Rico, meu cu.

"...ão sei explicar, é como eu disse, é como expliquei..."

A Ingrid chamava ele de tio, o titio, o tio Rico, nojo.

Risos.

Foi enquanto víamos *Bye Bye Brasil*, Ingrid não estava, onde estaria? A tia não gostou do filme, se foi, "você fica", disse Henrique, "pra ver os pei..."

"Eu já tava excitado, né, claro, daí ele falou que uma vez o Roberto Piva jogou uma garrafa de uísque nele, mentira, já ouvi essa história antes, do Piva jogar uma garrafa em alguém, não sou trouxa, claro que falei na cara dele, que tava inventando, falei, mas falei rindo..."

"...tos da Betty Faria, seu viadinho de merda."

"porque tava no mood, já tava rindo de outra coisa, pra outra coisa, pra ele esfregando o pau por debaixo dos shorts e eu fazendo o mesmo com o meu..."

A mão grossa e gigante segurando a minha cabeça por detrás, pelos cabelos, preu não desviar o olhar da tela, "É agora, é agora, puta, não é, só a gente esperar".

"O pau dele não é grande coisa, e é daquele mais fino, mas a vantagem do pau fino é que eu sempre acho que tá rindo quando duro, parece uma pessoinha."

Quanto tempo durou aquilo? Só tenho a certeza, tão sem sentido, de que, mesmo que tivesse me segurado pelos cabelos o filme todo, de algum jeito, ainda teria sido mais breve que o tempo da boca dele rente ao meu ouvido enquanto a Betty...

"Cê tá me ouvindo?", disseram os dois Henriques, e foi assim que Baldomero não conseguiu a grana emprestada. Por mais cruel que seja cogitar, saber, se ele estivesse ali, presente pra alegria do amigo, será que teria mudado de ideia? Grana tinha.

Diante da insatisfação do amigo, da frustração, ali mesmo maquinou que não tinha condições de somar aquele valor ao que já devia ao cartão: iria dar cano em parte do aluguel e tampouco avisaria Fernanda de antemão. Por pirraça, por ódio, por orgulho, por incapacidade. Também Fernanda tinha como tirar aquela diferença do cu.

Olhou pra árvore solitária da lanchonete da letras e pensou em si. Uma metáfora que Henrique acharia encantadora, por certo.

AGUÇADA É A AUDIÇÃO DOS QUE DEVEM. Com a decisão de manter em segredo o estresse das finanças do fim do mês, nos raros momentos em que Baldomero e Fernanda estavam em casa juntos, o ouvido dele seguia colado às paredes mesmo quando largado no meio da cama.

Perseguia um sinal de algum momento que fosse mais propício. Com o aniversário de Fernanda se aproximando, talvez ela pediria banco de horas no trampo e desceria a serra. Tinha vez que ela tirava do próprio bolso o aluguel todo e depois cobrava do Baldomero, seria oxalá de bom, suspirou.

Teria pedido adiantamento do décimo terceiro? Estaria com férias atrasadas? Bem-humorada, distraída? Gastando mais que a média? Se sim, isso seria um bom ou mau sinal? Grana sobrando ou finanças inconsequentes de ser jovem ainda?

O vigiar era também um sorrateiro pedido de ajuda, às avessas, a atenção também era um mantra para que os fatos fossem os desejos mesmo quando largado no meio da cama.

Uma unha a estrear cal fresca, ou seja, manchava os dedos mais do que produzia ruído. Código Morse para cães.

Toca o telefone.

A otite que é dever piora o ruído como se os móveis já tivessem ido a leilão, de tanto eco. Era Ingrid.

Pobre Ingrid, pensou, igual a ele no tormento de não ter do nome e com carinho uma corruptela, que é o termo que Henrique, o amigo, não o tio abusador, lhe explicou certa vez, esse processo em que palavras por muito uso e familiaridade se corroem para um tamanho menor. Todo mundo deveria ter direito a uma corruptela. Não é exatamente essa a explicação.

In? Gri? Dê? Nem diminutivo tinha, coitada!

Seis crianças no parquinho chamando ele de Baldinho. Professoras riscando de vermelho o B inicial e trocando por V, o E por I, cortando fora o O final. Ingridezinha? Ingridinha? E ficava lá, tentando adivinhar o próprio nome corrigido: Valdomir? Vladimir?

Não havia tempo de pensar, era hora de ouvir.

As duas tinham virado amigas, se visitavam, passavam férias juntas, se pegaram? Ele achava curioso como a sexualidade das duas lhe escapava, mas eram hétero, tinha da certeza o quase, adoravam se juntar e falar mal de Baldomero, zombar dele na frente dele, não tinha por que suspeitar que não faziam o mesmo pelas costas, mas entendia que amizades surgem mais facilmente de partilhas.

Ouça, Baldomero, dizia para si.

Discutiam a festa de aniversário de Fernanda, mais pro fim do mês, estava convidando a outra? Poderia a irmã vir?

De repente a voz ficou mais espaçada, baixou o tom, e depois ouviu a chave do quarto rodar.

O telefone ainda ecoava. A unha, ainda suja de cal.

Era preciso fazer algo: se Fernanda lhe cobrasse o aluguel com a irmã presente, casa caía.

Cu de medo pisca sem tesão.

Lembrou de algo que fazia de vez em nunca quando voltava ao bairro: entregar panfletos. Cinquenta reais pela tarde trabalhada com sol no quengo, se tivesse sorte.

Lembrou da mãe num canto do sofá acariciando Cecília. Quando lembrava da mãe, era essa a imagem que lhe vinha à cabeça: ela num canto do sofá marrom e vinho acariciando a gata chamada Cecília. O que variava era o que sentia quando essa imagem lhe vinha à cabeça; poderia aproveitar o bico e visitá-la, passar a noite na Divisa.

Antes, tinha que ver se ainda rolava esse tipo de trampo; o pai do Antônio era gerente de uma escola de informática na Cupecê, talvez ainda fizessem esse tipo de ação de marketing, sem o tele.

Mandou uns *scraps*, fez umas ligações e esperou. O domingo ainda ia longe. Acordar cedo em dia nublado dá uma sensação de tarde comprida, como se o dia roubasse no truco com o relógio.

"Isso são horas, mocinho?"

"Toda hora é hora, mãe, são sempre as mesmas vinte e quatro."

Adorava chegar na manhã seguinte depois da balada e ter esse diálogo com a mãe, quantas vezes tiveram essa mesma interação? Andava pensando em tantas interrogações por esses dias, seria bom sinal?

Agora era esperar, podia ver se estavam precisando de hora extra na firma, mas a mera ideia de passar ainda mais tempo naquele lugar, passar pelas mesmas baratas mortas nas mesmas quinas acumulando novo pó lhe dava uma sensação quase inédita entre o nojo e o medo. Além disso, Fernanda podia desconfiar.

Fernanda.

Antônio retorna dizendo que na quinta de manhã podia rolar, mas seu pai pagaria menos desta vez. Aceita. Baldomero pergunta se tem chance de precisar também na sexta, na semana que vem, o mês todo. Uma das vantagens do turno da tarde na central de cartão de crédito era ter tempo livre durante o horário comercial. Seu próprio cartão de crédito.

Agora era esperar, e a imagem da mãe volta à cabeça, sem um sentimento específico atrelado, ainda. Sabia que viria, o sentimento à cena; a cena, sempre vinha. Tenta descrever com mais detalhe o sofá marrom e vinho, tinha também azul-marinho e branco. Prestações. Cartão de crédito. Seu próprio cartão de crédito. Exausto.

Decidiu dormir mais cedo.

A CASA DA MÃE COMO MARCO ZERO DA INFÂNCIA, do bairro que todos nós chamamos de nosso. Foi para lá novamente Baldomero. A mãe tomava seu café da manhã tardio, três horas depois de acordar. Não sei pôr nada no estômago quando acordo, costuma reclamar. Dois pães com manteiga e café com leite, da exata mesma cor, todo dia, como se medido. Não precisava ter ido, o magnetismo dos hábitos, a escola em que ia distribuir panfleto na frente era um pouco longe da Rolando Curti, a repetição dos hábitos o define.

Baldomero sabia chegar no colégio mesmo que não lembrasse o nome e diferenciava o escadão em frente pela cor, tamanho e formato: amarelo, longo e lá pro meio virava para a esquerda, respeitando as costas do quarteirão seguinte, que já estava lá quando fizeram a via de escalagem pedestre. Quebrada às vezes parece alpinismo. Em alguns casos, chega a ser de fato alpinismo, ou quase: uma série de barras verticais por onde se perpassa uma corda para ajudar as pessoas a subir a rua.

Íngreme e alta a Divisa Diadema: da Armando de Arruda Pereira se vê com clareza não só o pico como o sopé do Jaraguá, trinta quilômetros ao norte, a avenida Cupecê como o nadir do mundo, a avenida Paulista dos pobres, como lhe descreveu uma vez Hélio Gordon, só para de novo subir forte do outro lado até chegar na Caixa D'Água, a Torre Eiffel da zona Sul.

Em 2020, Baldomero chorará ao ver sua ex-cidade, seu ex--bairro, a quilômetros de distância, em vídeos de drone durante a pandemia.

Se São Paulo é um mar de arranha-céus, fala-se do centro. Cidade Ademar, Americanópolis, Miriam, Joaniza, o nome que você quiser, é uma longa galé de prédios baixos e casas simples entre a descida pro litoral e o Itaim Bibi. Que pintura de abstrato orgânico faz a memória: as árvores espaçadas, gotículas de tinta verde por sobre informes cinza e ocre a quererem ser outra coisa vermelha, alguma coisa rosa, como flores de manacá.

Não há pensar sem lembrar, até olhar requer memória.

Da memória puxou a balada Sociedade Alternativa, que ficava em cima de uma casa de esfihas, na esquina da Cupecê com a Rio Grande do Norte ou do Sul. Foi quantas vezes? Apenas uma? Ainda sentia na boca a animação de ter uma balada GLS em seu próprio bairro, não precisar pagar passagem para se sentir em casa. Durou tão pouco tempo o empreendimento. Ele, sozinho e feliz, ao som de Marina Lima, as minas todas se pegando.

Todo e qualquer trabalho requer dedicação, foco.

Em algum ponto entre a Imigrantes e a Marginal Pinheiros, Antônio esperava Baldomero em frente à EMEF para lhe pagar adiantado, dar os panfletos e voltar pra cama. Separou o montante de papéis quase ao meio e entregou o bolo ligeiramente maior ao conhecido de infância e levou o resto consigo de volta a casa. Voltaria mais tarde para ajudar apenas na distribuição à saída das aulas, a hora do rush.

Quando se chega no Jabaquara via metrô, perceba, sempre está um pouco mais frio ali. Pode ser o Parque do Estado, pode ser a altura, mas é notável. Quando do Jabaquara se toma uma perua rumo aos microbairros da região, esse leve impacto térmico logo se dissipa, mas Baldomero sentia haver uma reminiscência de tal peculiaridade na forma clara e leitosa como a luz atinge a região.

Labuta é florescer ou dançar onde o corpo não é fustigado para satisfazer a alma, disse W. B. Yeats, mas não há como não sofrer: suava nosso protagonista, cansava ora um braço, ora o outro esticado, e por isso mesmo e mesmo assim pensou em tanto, viu e lhe ficou tanto na mente: o rosto de uma pessoa e não de outra, uma pichação ou mural e não outra, pensou de novo em como o sol da zona Sul é diferente daquele do Butantã, com dúvidas sobre onde ventava mais, e trabalhou a mente e trabalhou com os braços até Antônio voltar e encerrarem juntos a função.

Quantas vezes teria comparado temperaturas e ventos de diferentes bairros?

Os hábitos navegam suas próprias águas. De um lado, a rotina, os costumes, as tradições; do outro, imprevistos, mudanças, revelações. Pororoca entre o vício e o caos. Precisava voltar à casa da mãe? Não. Quando rodou sua cópia da chave ao portão, já estava atrasado pro turno. Mais tarde era decidir se aguentaria as consequências de receber falta injustificada ou se tentaria meter um atestado, ir a um PS e forçar tosse, descrever sinusite, pedir soro, mal come, não conseguiu dormir, diarreia, dor de cabeça, até que bingo.

Primeiro a garagem minúscula e escura, porque o segundo andar a cobria para ter dois quartos, garagem já usada para tudo menos para guardar carro próprio, que a família nunca teve. Vender gelinho, sublocar para vizinho, aquele ano que a mãe revendia tecido para costureiras até começar a costurar e remendar roupas ela mesma. Girou a outra chave e estava na cozinha.

Lá soube que havia algo errado, porque no prato havia meio bife abandonado. Dentre as excentricidades da mãe estava o fato de fritar bife e guardar metade pro jantar, mas a disposição e a quantidade de arroz e feijão indicavam alguém que comeu o que pôde e não se deu ao trabalho de guardar a mistura. Aquela cena conduziu Baldomero a procurar a mãe pela casa.

A pequena sala em seguida, de onde se ia ao segundo andar, eu sei que se chama primeiro andar, levava ao ainda menor quintal, um fundo de terreno onde não se construiu teto. A mãe chorava numa cadeira de praia.

A gata Cecília não se achava em lugar algum, de manhã ainda tinha esperança, dois dias já, mas enquanto almoçava... Se escusou e foi pro seu quarto, deixando Baldomero no quintal, com a cadeira maltratada pelo sol e a hortinha de meio metro.

No quadrângulo de terra seca, a menor alface que Baldomero já vira, salsa e cebolinha crescendo mato, uma modesta pimenta intocada — e o arbusto de alcachofra, orgulho da mãe.

Dos poucos luxos da infância, comprar alcachofra de alguém que vinha do interior, ferver e comer as folhas carnudas banhadas em sal e azeite; sal e óleo, se ainda menos grana.

Um dia, ideia e rebuliço, quase parou-se o bairro: aquela mãe queria saber como se plantava alcachofra. Diz aqui, diz de lá, anos de empenho e agora uma planta da qual ninguém mais come. Gorete não quer comer sozinha a delicatéssen, prefere ver desabrocharem a estranha flor roxa e seus espinhos verdes a comer sozinha o estranho bulbo entre o verde e o roxo.

Baldomero decidiu sair e ir procurar a gata, já tinha metido o louco no trabalho mesmo.

A umidade fria do Jabaquara já era um espasmo longínquo, ali um sol de ter inventado a palavra cocuruto só para nele arder. De repente, uma brisa, senão fresca, suficiente para lembrar o mar.

Mina de shortinhos e mano sem camisa. O pagode comendo solto, e passa veloz um celtinha rebaixado, filtro fumê penumbra, com aquela dos Racionais que sampleia Isaac Hayes, igual o Portishead fez.

Em meio à cacofonia, Baldomero sorri e mantém o sorriso, pois avista o padeiro. Ajudante geral mais que padeiro, do mercadinho uma quadra acima. Por baixo do uniforme branco com que subia os tão esperados pãezinhos frescos, não se viam os músculos que Baldomero só conseguia explicar com excesso de axé e degraus. O sorriso, contudo, sempre largo e presente.

Róger, seu nome? Sem tempo, irmão, havia uma missão. O pau dá um oi na cueca sem chegar a se elevar, mas não havia tempo para sublimações, posto que hétero o incauto.

Segue até o fim da rua para falar com a família que morava no sítio que bordeava pela esquerda um dos dois galpões que a Brahma tinha na Rolando Curti. O galpão, não muitos anos depois, viraria uma grande e vazia igreja evangélica, com caixas de som gigantescas a reverberar por todo o bairro a gravação de seus cultos. Casa sempre cheia, ao menos em som.

O outro galpão, este no começo da rua, esquina com a Estrada Antiga do Mar, ainda muitos anos mais à frente seria cenário de um grande tiroteio entre polícia fazendo bico de vigia e uma tentativa de assalto, já não era mais Brahma. Um depósito de materiais de construção havia comprado e recém-pintado de várias faixas coloridas para mostrar a qualidade e a variedade de suas tintas. Uma criança e três adultos mortos, os buracos de tiro ficariam por muitos meses.

A família do sítio nada sabia da gata.

Aquela quadra da rua era estranha: de um lado, sobrados altos e geminados, um deles dividido para abrigar três famílias e um consultório de dentista; do outro, casas baixas, o começo de uma favela, a nascente de um córrego, o ponto final da lota

ção chamada Fonte São Bento ou Vila Santa Margarida. Se o Beco do Pinto agora é rua e se chama Roberto Simonsen, se São Paulo não se importa sequer com os nomes do Centro Histórico, imagina com suas quebradas.

Perguntou igual, direita e esquerda, portão de ferro alto com carro na garagem ou idoso na calçada, se alguém tinha visto a gata da Gorete. Ninguém. Quem é você? Quem é Gorete? Poucos se lembravam dele criança, pouco andou pelo bairro depois de adolescente; a maioria, total desconhecidos, casas onde apertar a campainha foi inutilidade. Espiar as frestas, caçar o focinho conhecido, fazer *pspsps* com motores e lombadas ao fundo.

Nada além da tarde alterando o céu. Primavera, única estação em que paulistano às vezes é feliz. Decide subir a Girondo.

Sim, em algum ponto de São Paulo, uma rua Rolando Curti cruza uma rua Olivério Girondo, como se a desgraça dos dias merecesse trocadilho e a ironia fosse demais cruel.

Sobe aquela ladeira como se fosse a única, embora não seja, mas uma das mais íngremes, caminho para votar no colégio Edmea Attab desde os dezesseis, o pescoço doendo de tanta direita e esquerda, os lábios cansados de *pspsps* e Cecília, Cecília e *pspsps*, um ou outro olhar curioso, atentos ao nome de gente que tinha a gata que procurava.

Chega ao colégio, a subida pesada terminava alguns passos à frente, nunca fora além do colégio, e a decepção de descobrir que o depois era tão sem graça: uma leve descida e uma rua na transversal, a ir modesta pela direita, um poste e uma lombada daquelas que se faz ilegal nas comunidades para evitar que maluco no volante mate criança na rua.

As famosas placas de "proibido tirar de giro e chamar no grau" são bem de duas décadas à frente.

Toca o celular, é Fernanda:

"Dia 29 vou fazer festa pro meu aniversário, preciso do apê só pra mim, Val, eu e umas amigas, a sua irmã, é importante."

"Já vai ter sido o seu aniversário, né, dia..."

"22, último dia de virgem, isso, mas não foi por isso que liguei."

O poste quase torto, embora ainda tão sem graça.

"Ligou o Reginaldo aqui, enchendo o meu saco, querendo satisfação de tu, faltou no trampo por quê?"

"Não tou bem, doente..."

"Como se eu fosse a sua mãe, tu não tem respons..."

"... cansado, sinusite estourando, vim resolver umas coi..."

"Dia 29, ouviu? Casa livre pra mim, é o mínimo que tu faz."

"Tá certo, de boa, vai me pagar o pernoite?"

Riso e silêncio secos, a lombada improvisada, declive modesto após declive modesto, visão feia que não justificava a subida, uma gata com nome de gente desaparecida procurada por alguém que odeia o próprio nome, prefere Bal, mas se apresenta como Val, embora não saiba se prefere realmente Valdomiro a Baldomero, e Bal lhe soa tão íntima nudez, enquanto outros acham apenas estranho, pois soa a pau.

Lembra de *Babar*, que passava na TV Cultura.

O celular ainda em mãos, conversa tão entrecortada e tão indesejada por ambas as partes terminada antes de tchaus, obrigações forçadas de convívio. Sem sequer conferir se realmente exterminada a ligação, voltou a olhar o entorno, um escuro antecipado por nuvens antes do sol se pôr.

Viu um gato na esquina, havia tanto do que se vingar, tanto rancor que por definição sempre precisa de mais espaço, espraiar, um gato igual à gata de sua mãe, quis dar um passo à frente, não havia certeza se era ela, o dia escurecia de chuva, o céu a hipnotizá-lo. Não deu o passo, um gato além da poça seca antes do declive maior, tão perto, a casa era dele também, tinha o direito de estar no apartamento mesmo na festa da colega, uma raiva que era vontade.

Considerou Baldomero que as melhores vinganças eram as sem esforço.

O gato não havia se ido, encarou Baldomero, e ele soube que era Cecília. Um meio passo à frente, sem vontade, o lábio seco de *pspsps* agora *ps ps ps*. Com vontade foge a gata.

Volta a casa, dá o dinheiro do frila à mãe, comprasse aquele petisco de que a gata gosta, senta no sofá na pequena e escura sala de estar, que era a sala da TV, se prepara para o que dirá no PS, precisa do atestado agora, precisa do trampo na central de cartão de crédito. O script de como saudar o cliente lhe vem à cabeça.

BALDOMERO TINHA TRÊS TOALHAS. Uma velha, daquelas que a gente só não quer jogar fora e encosta. Criou o hábito de usar apenas as duas mais novas, em rotação: uma na arara pra usar, outra na fila pra lavar. A questão: uma era bem melhor que a outra; objetivamente, felpuda e maior contra a outra, menor e ríspida. Era a vez da pior.

A senhora Dalloway decidiu comprar as flores ela mesma. Ficou nosso protagonista dois dias sem tomar banho; ainda que encarasse ida e volta de ônibus do Butantã até a central de atendimento na República, ia usar a melhor toalha.

Turno 6×1, trabalhar seis horas por dia com dez, vinte e dez minutos de pausas, tem lá suas vantagens, como não necessariamente pegar os horários de rush, mas até nisso se sentia Baldomero desafortunado. Como entrava meio-dia e vinte, acabava por pegar um dos picos de trânsito, o da volta.

Desta vez, tão exausto e esmagado como sempre, mas mais encolhido e envergonhado por conta do suor de dois dias misturado a desodorante roll-on, chega no apê e a primeira coisa que faz é ver se o sol havia quarado de jeito a toalha melhor.

A palavra aqui é exausto.

Exausto entra no banho, exausto se banha.

Começa no banheiro a se secar, a mão contra o tecido ainda quentinho de sol, boa ao toque. Logo precisa correr ao quarto.

Vira a chave e chora.

CHEGA O DIA DA FESTA.

Fernanda havia pedido folga e ia emendar com as férias, esperta. Pediram a Baldomero que fosse trabalhar de manhã para cobri-la, por conta do pico matinal de ligações. Foi, não estava em condições de negar favores no trabalho, embora sem vontade alguma de agradar a colega em específico.

Representando um banco, mesmo em uma terceirizada, voz unificada corporativa, era preciso dizer o nome inteiro ao se apresentar ao cliente, para dar a sensação maior de seriedade e de pessoas reais comprometidas de corpo e nome à função, Baldomero Souza Antunes, que ele pronunciava Baldomero Souza, sem o nome do pai em rebeldia a mais de uma coisa ao mesmo tempo, num esforço inútil de tirar algum prazer de dizer o próprio nome sessenta vezes por dia, tarefa às vezes mais árdua do que ser hostilizado a cada duas ou três ligações.

Não podia ir para casa. Decide, mesmo sendo duas da tarde, ir pro bar com uma galera do trabalho. Dizia uma ex-chefe, se eu faço turno da madrugada e saio às cinco, é meu direito estar bêbada às seis, gargalhada. O que eram duas da tarde além de uma das vinte e quatro horas de todos os dias, afinal?

Havia uma leveza em Baldomero, fruto solitário do mero fato de se permitir estar bravo por ser proibido de ir para sua própria casa, com a própria irmã presente. Se Baldomero fosse uma figura de linguagem, seria antítese.

Da Sete de Abril foram até a Roosevelt, que iniciava seu refôlego histórico, e mansos subiram a Augusta na bela penumbra que ela é, mesmo que de tarde, entre trampo e lazer numa sexta-feira. Ternos passavam na frente de vitrines com lingeries, vales-refeição passavam valores, itens de 6 a 130 reais, de pinga a PF.

A esticada no Augusto's foi até onde podia, era sexta e parte da trupe tinha o sábado como dia de folga e queria esticar ainda mais. Podia ficar com eles nosso personagem principal, mas com nenhum tinha intimidade o suficiente.

Entrou sozinho numa sessão do Cine Belas Artes e dormiu.

Era pra lá das onze quando rumou casa e, impedido, foi num rompante de justeza, posto que justo era ir-se à própria casa, além de lógico.

Que mal havia? Se fechava em seu quarto depois de dar oi pra irmã e ficava lá, ele e a toalha melhor, agora a única.

Quando abriu a porta, um homem sentado em uma cadeira com a sala despida de seus demais móveis ao redor o encarou. Estava completamente bêbado. O que a sala não tinha de seus móveis familiares, tinha de gente que Baldomero jamais havia visto, com a exceção do homem na cadeira, que era um ex de Ingrid de talvez uns dois ou três anos atrás, de quem sequer lembrava o nome.

Uma caixa de som posta em cima da tevê (de tubo) mutada, no chão, para onde tinha ido o rack da tevê?, tocava alto algo entre o pop e o batidão.

As quatro mulheres ao redor da cadeira também encararam Baldomero, e a voz de uma delas chamou por Ingrid, absolutamente aflita.

Ingrid e Fernanda saíram depressa do banheiro e sorriram um olá, vem aqui, oi, era preciso que ele fosse pro seu quarto, melhor ainda que se fosse. "Que porra é essa Ingrid, cê odeia esse cara", qual o nome do homem... "Era pra dormir fora hoje, toma dinheiro pro motel..." "Não vou pra motel sozinho, nem eu sou tão deprimente assim..." "Leva um livro, a gente precisa do apartamento só pra gente hoje..." "O que é isso, uma orgia, não era preciso segredo..." "Não é nada disso" "Talvez seja melhor que ele fiqu..."

No seu quarto, parte dos móveis da sala o recebeu quase com carinho, cogitou que tinham sido removidos para liberar espaço para dançar na sala modesta, faria sentido, pra que o mistério, Gabriel era o nome? O que fazia ali é que não fazia sentido.

Ficou no quarto e ouviu risadas, volume da música aumenta, outras risadas, drinques sendo oferecidos a — Gabriel não era. "Meu dia de sorte", ele diz, "festa boa é quando tem mais mulher que homem, que nem festa VIP de sertanejo", pondera o homem. Risos forçados, música aumenta, as risadas param.

Ouvindo voyeur a estranha algazarra, feito um chicote acertou Baldomero a súbita mudança, um silêncio meticuloso, coreografado. Ainda com orgia na cabeça, Baldomero ficou constrangido de ir olhar, posto que irmã, melhor ir embora, mas teria que passar pela sala, melhor agora do que depois.

Uma das mulheres tinha um pano a cobrir nariz e boca do homem, os braços caídos à lateral do corpo, ainda na cadeira. Os cílios dele, os de baixo cruzados com os de cima, pareciam especialmente longos, ou era manheza dos músculos faciais agora relaxados. Faltavam duas mulheres.

Ingrid num canto da sala com duas faixas de corda retesadas entre os punhos cerrados se aproxima por detrás da moça com o pano. Fernanda e uma outra moça, tinham sumido duas, seguram o corpo, Ingrid enlaça o pescoço do homem, a moça do pano sai levemente de cena e Ingrid aperta a primeira vez de forma bem demorada, o homem gorfa, as mulheres seguram, a segunda vez de forma um pouco mais breve, mas com ainda mais determinação, a intervalos cada vez mais curtos.

Baldomero estava na coxia, luz e pano o separavam do palco; a ausência de assento ou convite indicavam que nem como plateia era bem-vindo. De pé e desfocado, não atuava nem reverenciava, pois aplaudir ou mesmo ter qualquer reação suporia fim, concordância, entendimento do que se passava, do que ocorria e não concordava, não entendia e sabia que não era fim.

O torpor que sentia deveria ser raro, não era, o impressionou o quanto sensações que já sentira antes vieram ao seu socorro, embora tumultuadas, para saber como lidar, como lidar, como lhe dar, adorava aquele trocadilho.

A música estourando, uma guarânia.

Em um só movimento, ergueram o corpo, o levaram à janela e de lá o jogaram.

Mombyry asyetégui aju ne rendápe nemomorãségui
ymaite guivéma reiko che py'ápe che esperanzami,
mborayhu ha yuhéigui amano mbotáma ko'ápe aguahevo,
tañesuna ndéve ha nde póguiveya chemboy'umi.

He'íva nde rehe los karia'ykuéra pe imandu'aha rupi,
kuña nde rorýva música porãicha naimbojojahái,
che katu ha'éva cada ka'aru nde rehe apensárõ,
ikatuva'erã nipo cheichugui añembuesarai.

Azucena blanca, ryakuãvurei,
eju che azucena torohetumi.

Ku clavel potýicha ne porãitéva re pukavymírõ,

ne porãutevpeva el alba potýgui, che esperanzam,
natañemondéna jazmin metetégui che rayhu haguáicha,
ha pe che keguýpe che azucena blanca, che añuami.

Yvoty nga'uhína ko che rekove,
aipo'o hagua rojapipype.

Ne rendápe aju.*

Se dispersaram pela sala vazia, exaustas de algo que Baldomero jamais experienciaria, deixando sem rastro de sangue ou tapete rubro o caminho livre até a janela. Baldomero se debruçou sobre o parapeito e lá embaixo viu um colchão sem fronha, o corpo em cima, a música mais alta do que nunca e uma van sendo estacionada, lá estavam as outras duas moças, chegou uma terceira e era Ingrid, essa ele conhecia, lá de cima Baldomero viu, era bom saber o nome de alguém, na van puseram o corpo e depressa se foram, sem Ingrid.

Cantaram "Parabéns" em seguida.

---

* Manuel Ortiz Guerrero e José Asunción Flores, "Ne rendápe aju".
In: Grupo Surgente, *Sonidos de mi tierra* 2: ABC Color, 2003. Faixa 18.

PARTE II

Após o baque

(você quis dizer Valdomiro?)

BALDOMERO PENSOU ATÉ EM CHANTAGEAR FERNANDA. Não contar nada à polícia se ela aceitasse não lhe cobrar o aluguel aquele mês; depois pensou ser o valor pequeno demais e então os dias passaram, a data de pagar chegou e nada foi dito. Sobre aluguel ou assassinato.

Mesmo antes, a convivência entre os dois já era aportada, e isso muito o exasperava: via a tinta branca das paredes e enxergava cal, que é áspera e seca, externa e poeirenta. Dois marmanjos com meses de convívio nas costas com o olhar perdido para nada que não fosse o nada, como se encarar um ao outro nos olhos fosse gerar centelha de algo sinistro em vez de bom senso.

O que há de mecânico nos dias, disso reclamamos, mas a rotina cumpre sua função de mitigar os dias, os minutos. Já ouviu a teoria de que tempo é dinheiro? Papo de bar, tempo é igual dinheiro, tem inflação, cinco minutos de criança numa fila e cinco minutos dos dez que se tem de pausa no trampo aos 25 anos são coisas bem diferentes.

Seguia os dias entre pensar e não pensar. Punheta e atender o telefone falando o próprio nome com o sobrenome paterno omitido, quantos Baldomeros Souza sem o Antunes podia haver no Brasil? Era melhor não se expor tanto, eram muitos clientes putos com o banco, e com ele em especial.

Punheta.

Tinha preguiça de toda vez aguardar streaming, então baixava alguns vídeos. No drive havia um, pouco mais longo que a média, três moços, um sofá sem encosto e um tapete daqueles maiores de ocupar todo o coração de uma sala. Nada demais o vídeo, Baldomero era bem baunilha até, mas de tanto rever foi reparando, pois todos os moços tinham roxos estranhos pelo corpo, algo entre ferida e inflamação, uma picada de inseto que deu ruim ou um beliscão segurado por mais tempo que a bronca pedia.

O pinto, já cabisbaixo, tergiversava causas possíveis.

A ligação com a irmã foi bem breve.

"Não tinha outro jeito."

O roxo em um dos moços era maior, mais avermelhado, não havia clima, embora o clima, Baldomero sabia, nada tivesse a ver com aquilo tudo.

Nem se lembrava se havia bebido aquela noite. A vingança é sempre sóbria. Refletiu sobre como era simples uma testemunha virar cúmplice, como apenas a tevê mutada se safaria, cenário e não instrumento jurídico. Baldomero numa fila de réus, espremido entre a janela e a caixa de som. Era certo que afundaria junto com aquele navio, era preciso garantir que não afundasse. Cúmplice. Inação como estratégia.

Baldomero se sentiu preparado, embora ainda marejado. São Paulo, sobretudo a zona Sul com acesso à Imigrantes, tão perto do mar, a rotina o primeiro e mais caro pedágio até lá. Escapulir, sumir brevemente. Fernanda foi com Ingrid pra casa do tio abusador em Ribeirão Preto no dia seguinte. As duas de férias, mancomunadas.

De repente era bom cobrir o turno matutino da Fernanda por um tempo. Teria que cobrir de qualquer forma, mas não era essa a questão. Toda mudança soa boa na desgraça, quase um amor. Escapava do rush da volta, escapava de algo. Toda desgraça quando já se está na merda pode ser uma nova paixão. Na manhã após o tombo, acordara desnorteado, já atrasado para cobri-la.

Demorou para perceber que na verdade era seu dia de folga, e ainda mais para contemplar a ideia de que poderia ter esticado com o pessoal do trabalho, virado, dado em cima de alguém, tretado, trepado, tresloucado, trincado, qualquer coisa que não... Lembrou da briga no motel com Octavio, lê-se "otávio", lembrou da janela, curiosamente não de quando o corpo estava prestes a ser por ela jogado, mas ela vazia, segundos após. O que o levou a dar aqueles passos e não os em direção à gata fujona? Não é sadismo quando se é testemunha, pensou, mas pode ser masoquismo quando se é cúmplice, repensou.

Não pensar.

Melhor que punheta só sexo, sentenciou.

Desta vez nem precisou caçar. Quando não nos movemos, algo sempre arranca o corpo da inércia, nem que seja a prestações ou em cascata, por isso gatos não têm paz, um inseto sempre avoa, uma banqueta sempre cai, e lá vai o corpo destituído de sua inação planejada nem que seja só do olho a pupila; do ouvido, só o tímpano a ser perturbado, e então se move. Algo se move.

Existem exemplos piores de inércia abalada do que convite pra foder.

O moço, digamos, Gabriel, marcou com Baldomero direto da internet pro motel, nem cerveja de esquenta queria, se conhecerem, fazer sala em boteco, bobagem, não precisava. Era tudo que Baldomero precisava naquele momento.

Era peludo o Gabriel, bunda boa, o cu escondido entre pelos e bandas, o pau de base bem maior que a ponta, ornado de pele até depois da extremidade, pinto da rara variante cone.

Sommelier de pica, aliás, será em breve um dos cantinhos mais curiosos da vida on-line.

Abraçou o viado pelas costas e oscilou entre acariciar a bunda e os mamilos. Ouviu gemidos. Mais preparado desta vez, embora ainda igualmente carente, soube reprimir o ímpeto de pedir por Babá.

Há desejos que jamais se constroem como vontades, apenas ímpetos, e exige mais força contê-los do que a um querer, a quase necessidade contorce os músculos, vislumbra-se em convulsões; o que requer não exatamente se sabe querer e daí demanda e então cansa, exaure.

Tem gente que trepa e não beija, tem gente que trepa e não quer dormir de conchinha, tudo bem. O importante é saber o que se quer, risos. Baldomero era flexível, se não na cama, no que exigia dos outros em termos de relacionamento. O mais profundo é a pele, disse Paul Valéry. Baldomero tinha orgulho de ter chegado a essa referência sozinho, sem a consultoria do amigo da letras. Saberia Henrique do assassinato?

Teria vindo de Henrique, afinal, a referência que tanto impacto lhe causou? De repente duvidava de si.

Tinha uns catorze anos quando parou de tentar brincar com o próprio cu. Tinha tentado rodo, dedos, desodorante, não nessa ordem. Entrar entrava, mas ele não fazia questão, a questão aqui não é anatomia.

Cedo concluiu que o prazer, ao menos o seu, era meter, e a atenção que recebia por preferir ser ativo o inflava para além do pinto. Adorava que houvesse quem para ele quisesse dar e amava o fato de as bichas que lhe atraíam preferirem isso mesmo, dar. Sorte, das poucas.

Sorte o quão íntimo se sentia dos outros no toque das peles, o mais profundo que se pode chegar, o resto é metafísica. Ahaṃkāra. A gente só sabe dos outros o que eles entregam, acidente ou escolha. Antes do corpo, só a voz que dele vem, e depois, só o tempo que o corpo permanece, reconhecível ou consequente ao que fora.

Lanche no prato é quando você pega os ingredientes de um lanche e os serve sem o pão; um x-tudo no prato é tudo mais o hambúrguer servido sem o pão. Faltavam a Baldomero a voz e a permanência alheias. Se fosse um dia ter tudo, seria no prato.

Quando um passivo goza, varia de pessoa pra pessoa, claro, mas o ativo costuma ter pouco tempo ou nenhum de fato para continuar as estocadas antes de ter que tirar. Quem estamos chamando de Gabriel já havia dado berro de esporrei, então Baldomero intensificou o movimento, deitou seu corpo sobre o do moço e só com a força da bunda foi metendo com ainda mais força e celeridade. Ouviu um gemido de dor, tirou e enfiou tudo mais uma vez com ímpeto, ouviu um muxoxo sofrido e meteu como se já entregasse o que não vinha, segurou firme o corpo do outro contra a cama, reclamação e urro.

Os corpos já separados, o suor diminuindo a distância entre eles, Baldomero se levantou e, muitas vezes é o caso, um fim é um convite à paisagem, a ver onde estamos, como se a ação fosse força centrípeta e, desipnotizados, o olho desse de volta a si o luxo da visão lateral e o cérebro, a missão nova de garantir onde se encontra a saída.

Sangue. Ao mirar de volta a cama, viu sangue.

Vendo o "companheiro" de olhos arregalados, sem saída ou lateralidade, esse tal de Gabriel olhou entre as pernas e avistou a pequena poça.

Virou de bruços, empinou a bunda e enfiou com facilidade dois dedos para examinar o estrago. Aproximou a mão do rosto mais para ver do que pra cheirar.

Levantou-se e, daquele jeito que a gente roda feito cachorro em busca do rabo quando procuramos algo no próprio corpo, achou no verso do braço esquerdo o vergão por onde Baldomero o havia segurado contra a cama.

"Pegou pesado, hein", disse, e quase não sorria. "Tava na seca." "E isso lá é desculpa?", perguntou em staccato, oitava inteira acima. A cena do motel se repetiu, felizmente apenas na cabeça de Baldomero. Cerrou os punhos como se fosse esmurrar algo entre si e o moço. A primeira vez que nadou pelado tinha nem dez anos, Ingrid não quis, era de noite num pequeno lago com mais lodo que água em um pesque-pague onde um conhecido da família era caseiro. Levou anos para chamar o que sentiu de prazer, e mais alguns para dar o nome de sexual a algo que depois a gente chama de prazer sexual. Ainda sentia o lodo entre os dedos do pé, lembrava de ter mergulhado para repetir com as mãos o que acontecia com os pés, sem fôlego voltou à superfície e sorriu constrangido embora sozinho e feliz.

Das analogias que tinha para a solidão, talvez fosse essa a menos infeliz. Acompanhado e pelado, naquele momento ninguém sorria, e há pouco de constrangimento quando há tensão no ar: a vergonha é a primeira a abandonar o combate.

Era preciso não repetir o motel, não fazer deste Gabriel um novo Octavio. Estava em um motel novamente diante de alguém que o odiava, supunha, mas era preciso não repetir sequer as palavras.

A mão destra encontrou o próprio pau, mais duro que no coito. Meio quarto de distância era o espaço da paisagem retesa. De volta à cama, a quem cunhamos Gabriel escorregou a mão até o próprio pinto, meia bomba. Com cuidado e cara de dor, tão fingida quanto honesta, enfiou alguns sortudos dedos dentro do cu mais uma vez, segunda etapa do corpo de delito.

Dificultosamente gozou o moço, e cavalheiro gemeu suave Baldomero, enquanto aos poucos perdia a própria pau-durecência.

NÃO SABIA BALDOMERO o que queria de Henrique àquela altura, o que dele precisava. Na verdade, sabia, mas entre confrontá-lo e pedir afeto se sentia um berimbau que a cada peteleco trazia a nota errada; embora apenas duas, acertava justamente a outra.

Tão múltiplo é o que queremos de tão poucas pessoas a quem chamamos de amigos ou amores que sai pela culatra o tiro desde a intenção. Aonde vamos em busca de paz, encontramos prazer por termos trazido conosco o rebuliço; onde se quer perigo, pactos; onde aventura, CVC.

Marcaram desta vez no largo do Arouche, espaço um pouco mais neutro. Tanto havia ocorrido e sido pensado no dia da grande árvore na letras que mal teve Baldomero tempo de ressentir com gosto o rancor de estar lá agora na categoria limbosa entre matrícula trancada quase expirando e ex-aluno da geografia.

Lembrava pouco do curso em si: seu fascínio por Aziz Ab'Saber e a forma correta de citar autoria de relatórios federais: BRASIL, 2006. Ab'Saber enviando, no prenúncio de sua morte, um DVD à Sociedade Brasileira para o Progresso da

Ciência (SBPC) com estudos seus que não poderiam ser perdidos, que deveriam ser compartilhados, o que Baldomero sempre leu como um lindo elogio à pirataria.

Uma reprovação aqui, uma matéria feita porcamente ali, o peso de morar na zona Sul, trabalhar no centro e estudar na zona Oeste e o esforço hercúleo financeiro e emocional de se mudar com Fernanda para mais perto da faculdade e nem isso ser o bastante, os dias manterem quase o mesmo cansaço, quase o mesmo desespero, outra reprovação aqui, outra matéria feita porcamente ali, o medo de como iria conciliar emprego assalariado fora da área e estágio obrigatório de pedagogia para ser professor um dia, não querer ser professor, não ter nota para iniciação científica, a cabeça batendo no vidro quando o ônibus virava a Vicente Rao e o acordava do cochilo diário, os turnos esdrúxulos, a quantidade de viagens de campo que não pôde fazer, que não poderia fazer.

Henrique lembrava Baldomero de tudo isso, dessas exatas sensações, mas também era uma voz mansa, um corpo de passado junto ao seu, uma ilha a gritar porto, mesmo que sereia ou falsiane.

A vista, no caso, ajudava a seguir o canto novamente incauto: Arouche não é FFLCH, largo e informe, uma quadra para além da praça da República ao se seguir pela Vieira de Carvalho, reduto de travestis, viados, imigrantes murides, a família tradicional entrincheirada enquanto come bem e caro no Gato que Ri ou no La Casserole e geral na meiuca do largo, ali onde realmente vira praça nas costas do (minúsculo) Mercado de Flores imortalizado em canção pelo Criolo, só na catuaba e no baile funk.

Quem expulsou os ambulantes do largo em 1953 e criou o mercado foi o mesmo engenheiro Armando de Arruda Pereira que nomeia a avenida que contorna o Parque do Estado na zona Sul e de que Baldomero tanto gostava. Coincidências e violências mancham nossas histórias, ainda que nelas não haja assassinato nem suicídio.

A mudança de cenário realmente fez bem a Baldomero, nem voltou pro apê, que agora evitava sem sequer perceber. Do trampo na Sete de Abril, foi cochilar na Mário de Andrade até o horário do encontro.

Compraram cerveja nos camelôs da Vieira, não sabe disso o engenheiro Armando, em frente ao Caneca de Prata, provavelmente o bar gay mais antigo do Brasil em funcionamento ininterrupto, manjaram os tiozões se pegando nas esquinas e seguiram até o busto do Luiz Gama, já no largo.

Um casal discutia se houve ou não embranquecimento na representação do advogado abolicionista na estátua e, embora cedo, já havia menor de idade rebolando ao redor de potentes caixinhas de som. A excitação de se estar num dos poucos espaços realmente públicos de lazer em São Paulo nunca envelhece.

As cacuras, gíria pra viado velho, circulavam feito águias ou urubus — a metáfora talvez oscile se você curte ou não maduros — ao redor dos grupos de jovens, fazendo pousos estratégicos neste bar ou naquela padaria no intervalo das investidas, sequências confusas de cerveja, café, coxinha e bala Halls.

Henrique ainda falava do tal Camões. O mundo incólume ao redor da paixão severa. Era inveja o que sentia? Ciúmes? *Jealousy*. Baldomero nunca fora muito fã da língua inglesa, e a dificuldade do idioma de separar esses dois sentimentos o irritava mais que a ausência de "saudade", por exemplo. Era saudade, mas também algo confuso entre ciúmes e inveja, que talvez não justificasse, afinal, haver um termo para cada.

Palavras foram ditas, mas pareciam ter se passado séculos desde que Baldomero precisava de respostas do amigo, e de fato haviam passado poucos segundos desde a última vez que nosso protagonista ameaçou exigi-las sem sequer mencionar o tema, como neste parágrafo.

Henrique ainda falava de Camões, e foram ditas palavras sobre como estava sendo difícil na cama, pois quem ia comer quem se decidia praticamente no par ou ímpar, mas se amavam as passivonas e iam fazer funcionar, oxalá, tinha fé, queria, o sorriso besta dos apaixonados. O mundo em chamas e Henrique achando que pinto era hidrante.

"A minha voz é feminina?", perguntou uma moça assim que se sentou à beira do banco de concreto onde Baldomero e Henrique procrastinavam. "É sim", respondeu com pressa Henrique e adicionou: "Qual seu nome, bonita?". "É Carolina, e vocês?" "Me chama de Babá", abrupto, do nada. "Babá não é nome", provocou a recém-chamada. "Mas é como quero ser chamado."

"É direito seu", disse Carolina. "Estou atrapalhando algo?" "Meu amigo aqui fica falando de rola enquanto a gente precisa discutir coisa séria." "E cê veio pro Arouche discutir coisa séria, Babá?, que ideia!", riu. "Eu sou boa ouvinte, posso ajud..." "Quando foi a última vez que cê falou com a sua irmã, Val?, ela te contou que foi pra Ribeirão Preto fugida dele, não, né? Isso faz quase dois anos já, ele achou ela lá, exigiu que voltassem." "E você sabe disso tudo pela Fernanda." "Eu falo com a sua irmã, Val, me importo com ela." "Então tu sabia de tudo, só eu de otário." "Sabia que ele ameaçava fazer uma loucura se terminassem de novo, umas histórias horrendas!"

Quando foi que Henrique começou a chamar Baldomero de Val? Teria sido exigência sua a partir de sua própria estranheza em relação a Bal? Pedido seu após alguma decisão de que preferia Valdomiro por nome?

Voltamos sempre a nós não por escolha, não é preciso reflexo em espelho ou poça d'água para que o cérebro encare os olhos, sobretudo se nossos.

Sozinho. Nem Henrique nem Carolina. Puto, o amigo se fora. Não queria falar de mortos, de crimes. Em praça, falar de amor, do porvir. Apressado, deixara a mochila.

Henrique saía de casa sempre com as chaves, Bilhete Único, uma nota de dez ou vinte e o RG nos bolsos do jeans. Pra faculdade, às vezes ia desse jeito mais quatro folhas de sulfite dobradas e um lápis na mão, apenas. Excêntrico o moço. Dizia que assim se sentia livre, que fazia isso para se fazer livre.

Odiava conhecê-lo tão bem, de que lhe servia?

Portanto, não lhe era raro esquecer a mochila, que continha eventuais necessidades feito agasalho e guarda-chuva ou algum livro que precisava devolver na Biblioteca Florestan Fernandes.

Quantas vezes, em um novo encontro com o amigo, Baldomero chegava com a esquecida da última vez e conferia com ternura a cara de surpresa de Henrique, que até podia já estar com outra, ou uma sacola plástica.

Vasculhou a mochila de cabo a rabo: pacote de bolacha semicomido, dois chicletes derretidos, uma camisinha vencida, um guarda-chuva, pensou em correr atrás do amigo, vai que precisasse, não achou chaves, desistiu da urgência, Baldomero tinha outra prioridade e tirava com balde algo daquela canoa furada que de longe parecia água, mas de perto era medo.

Entre pequenos recibos de compra e tentativas de haicai, achou um pequeno mapa pro apartamento de Camões, no Bixiga.

Odiava conhecê-lo tão bem, de que lhe servia?

O hábito de pesquisar no Google e fazer pequenos mapas em retalhos de papel, que iam nos bolsos junto às chaves e ao RG, primeiro por motivos práticos e depois guardados por afetivos e artísticos. "Um dia faço uma instalação de arte que vão ser todos esses mapinhas feitos à mão, pra pessoa pegar um e tentar chegar ela mesma."

Excêntrico o moço, não?

Dos amores, lhe restava Cupido, sê-lo. Das vezes que semiouviu Henrique reclamar de Camões, lembrava-se de algo sobre a cacura não querer assumir namoro real oficial. Decidiu levar a mochila de Henrique até o apê do tiozão, dar novo motivo pros pombinhos se verem.

A solução mais prática seria levar até a casa de Henrique, mas amargo percebeu não saber onde vivia o amigo, nunca ter sido sequer por educação convidado a visitar, e quando viu já estava no metrô rumo ao Bixiga.

Veio-lhe à mente a curiosa bunda do amigo: carnudinha, peluda no final das bandas, chegava a ser quase côncava à altura da cintura de tão mirrada que era. Uma bunda a explicar como uma lordose aparece no raio-x.

A sexualidade de Henrique era para a família dele uma encenação dos três — alguns dizem quatro — macacos sábios: nada ver, nada falar, nada ouvir. Nada fazer.

Suprimiu o rancor de não saber onde morava o boy, e isso imbuía lógica à empreitada atual. Os tortuosos caminhos do pensamento à ação sempre precisam de palavras que os aprumem, ou os justifiquem. Se ocorrem antes da ação, você chama de plano; se depois, alumbramento.

Embora tenha sido necessário fazer baldeação, da República até a São Joaquim são poucas estações. De lá, decidiu ir a pé, conhecer um pouco o bairro do Bixiga, do qual nada sabia além de ter visto pela tevê a festa da Achiropita, ou Quiropita, a santa de mil nomes. Ser brasileiro é tirar vogais do começo de palavras que as têm e colocar nas que não têm, arrepare.

As ruas estreitas seriam espelhos perfeitos entre os lados par e ímpar não fosse a eventual igreja ou boteco, achou chato. Chegou ao endereço depois da quarta ou quinta rua parecida, um prédio tão baixo quanto o do apê que mal dividia com Fernanda. Ela ainda de férias no interior e ele evitando estar lá, um depósito para suas poucas roupas com uma cama no meio.

Quando a gente encara um prédio, o olhar faz um movimento simples e corriqueiro de percorrer o comprimento do objeto se alongando. Nem mais se forçava a tentar evitar tal reflexo, pois a imagem de um corpo fazendo o movimento raro e horripilante no sentido oposto à mirada lhe ocorria sempre, independente de se encarava ou não, e, sobretudo no desespero, é preciso encenar normalidade, encenar no sentido de se agarrar.

"Vai onde?", perguntou o porteiro educado na escapulida pra fumar um cigarro.

"Vou no Camões, apartamento 31."

"Esse aí arrancou o interfone uma semana depois que entrou, sobe lá, na volta pego o teu CPF."

Dizem que esse ritual de fichar quem entra e sai é resquício em nós da vigia civil-policial dos tempos da ditadura militar. Não foi desta vez.

A porta estava encostada, e bater não adiantou. Do corredor já sentia um complicado aroma. Se ele não estivesse em casa, deixaria a mochila, impressionando e confundindo ambos os pombinhos.

O apartamento começava em um curto corredor, do tamanho do banheiro à esquerda de quem entrava e com a parede à direita colada no apartamento ao lado. Um grande estúdio se abria, servindo de cozinha — a pia às costas do banheiro —, sala e quarto. Uma grande janela oposta à porta de entrada era também a única.

"Falei que queria ficar sozinho, Rico", veio a voz do banheiro, de onde saiu um velho de roupão verde-musgo e pés descalços.

Baldomero não se virou de imediato, pois tentava entender o cômodo em que se encontrava. Velas e incensos ardiam em diferentes velocidades sobre todos os móveis e cantos. Um cheiro rico e colorido emergia de tudo que queimava.

A janela vedada por uma fina chita trazia apenas privacidade, posto que não era capaz nem de escurecer de todo o ambiente nem sequer matizá-lo com as cores do tecido.

Perto da janela, uma pequena colina de almofadas substituía a cama no centro do que Baldomero só conseguia descrever como sendo um palco: um desnível de concreto elevava o quarto acima da sala, um desnível de concreto que em vão tentava separar quarto de sala, criar cômodos onde de fato havia apenas peça principal e banheiro.

"O que é isso? Vou finalmente viver o meu grande momento Francis Bacon e George Dyer? Tem cem pilas escondidas nas almofadas, mas se for mesmo um assalto eu tiro o roupão agora mesmo."

"O Henrique disse que essa história é mentira, a do assalto que virou namoro. Vim deixar a mochila dele aqui, não sei onde mora."

"Não advogo verdade alguma!", disse com fleuma. "Verdade ou mentira, fato ou interpretação, pouco importa quando a intenção verdadeira de alguém é navegar a vida em busca do raro sabor das intenções alheias. Entende a força? Não a confissão, a explicação, mas perscrutar o mundo à caça de intenções é achar em cativeiro o que só nos ocorre encontrar em hábitat natural dentro de nós mesmos. Tal fato é enfadonho porque lá se encontram apenas as nossas, ainda mais se você, como eu, se conhece tão bem quanto eu. As pessoas se satisfazem com os fatos, pois se conhecem muito pouco."

Pelo florido sonífero das palavras ou ainda em busca de entender onde estava, Baldomero pouco estranhou a figura quando finalmente se virou, embora o olhar ainda investigativo tivesse decorado alguns detalhes.

Há línguas em que o belo divide com o raro a mesma palavra. Seja por tesão pelo belo ou mera curiosidade pelo raro, Baldomero sempre curtiu com leve comichão os senhorzinhos que deixam as unhas da mão destra crescer para melhor tocar violão.

Não parecia ser o caso, porque neste senhor as unhas compridas eram na esquerda, e Baldomero o acompanhou com a vista até quando se sentou entre as almofadas e puxou um livro, o corpo seguindo a liderança da mão direita sem erro ou esforço.

"Já percebeu como livro de viado sempre envolve confissão?", continuou, "Mishima, Sá-Carneiro, eu não quero me confessar! *Almoço nu* é um lixo porque é uma recusa de confissão, mas a intenção ainda é essa. Se crimes cometi, que inventem provas!", sentenciou, num gesto entre Bovary e Flaubert.

O ângulo exato em que, com um único nó frouxo, o roupão tentava se manter junto ao corpo, o jeito com que sorria e falava como se, de exaustão e tristeza, nem falar nem sorrir tivessem mais sentido algum, e outros detalhes.

Baldomero odiava incensos. Nauseado e com fome, procurou em que se escorar. Do lado de uma mesa maciça, no assoalho entre livros, achou opção melhor que escora. Algo que só podia ser um assento que fora arrancado de uma cadeira de escritório jogada fora jazia no chão entre poeira e pelos de gato.

Lembrou-se do gato da mãe, mas desta vez não encontrou nenhum.

Posição estratégica, no meio do estúdio, de onde podia ver tanto o velho quanto a porta de saída.

O cheiro o fez lembrar de quando sua mãe tirava carne da geladeira e a deixava marinando com mais tempero que o necessário, depois lavava a carne antes de pôr no forno. Fica só o que entrou, afirmava.

"Você não veio aqui só entregar a mochila", riu, "veio checar a concorrência", gargalhou, "de mim não tens nada a temer, pelo menos não mais. Todavia, feito o sol nietzschiano, me sinto propenso a lhe avisar de que ciúmes é mesquinhez, é a sua incapacidade de perceber que a sua real intenção é dar a si o direito de querer de alguém o tudo que ele é, mas negar a ele o desejo de tudo querer. Nada é mais ridículo ou belo do que negar a alguém o paradoxo que fundamenta o seu próprio desejo em primeiro lugar. Tudo que quero é tudo que és, mas o seu todo não pode desejar algo que vá além de mim. Uma bobagem!"

A cada saliva que engolia, Baldomero só não desmaiava porque a vontade de gorfar não era capaz de suprimir a fome. De repente, as unhas eram mais longas do que pediria um violão canhoto.

"A bicha má do Faustino estava certa", prosseguiu, "os mais belos e os piores versos da língua portuguesa se encontram na *Invenção de Orfeu*, do Jorge de Lima. Quando se for, leve a pasta vermelha que se encontra sobre a mesa, por favor. Tem coisa que só os vivos podem fazer. Nela se encontra toda a minha produção crítica acerca da literatura contemporânea. Vou ler para você o poema seis do canto sétimo, tudo bem? A minha intenção é que depois desse exemplo você entenda o que falo."

Enorme como um poema, a leitura foi uma begônia e terminou com um gole, mas a língua de Baldomero era um coletivo de papilas gustativas cada uma tão inchada como um cu fistado, cada secura com um gosto de cheiro diferente.

Uma vela caseira da largura de um pires revelava aos poucos uma adaga conforme a cera derretia, e, no nariz, os pelos catalogavam em quantas cores os incensos podiam mudar as chamas antes de as fumaças se perderem no pouco canto escuro onde não havia nem vela nem incenso.

"O gigante da nadice, cada um e o gigante também, mudando, vivendo a mudança", continuou o poeta, citando Wallace Stevens. "Serei uma nova Dido, nem de Eneida nem da *Billboard*, não pelo ventre, que não tenho, mas pelo espaço entre as palavras e os pensamentos, no vão entre palato e cérebro ou no músculo inconsútil que vai do palato ao cérebro, serei Dido, mesmo sem saber se vão ou músculo; sobretudo por não saber, serei."

Quando Baldomero acordou, Camões, curvado sobre a vela, parecia reverenciar a adaga que lhe perfurava a cabeça.

Baldomero se lembrou dos planos de suicídio de Henrique: era de duas uma, ou arranjar um jeito de extrair cianeto das sementes de mexerica que vinha quarando e coletando desde os dezenove ou se jogar na Usina de Traição, pois se matar é trair a vida.

Nosso protagonista não entendia. As águas do rio Pinheiros eram tão sujas, seria também uma estação de tratamento d'água ou, cheias de detritos, as turbinas rodavam indiferentes sem nem rangerem enquanto trituravam lixo? A quantidade de cianeto em sementes de mexerica é minúscula.

Nem matar nem morrer, concluiu Baldomero, era a única forma de viver.

Se levantou com dificuldade e se explicou: não incriminar é jeito seguro de não se comprometer, posto que uma prova, para ser encontrada, requer ou denúncia ou investigação.

Assim, pegou a mochila, safar a si e a Henrique, e se foi; porém, antes de ir, pegou também a pasta sobre a mesa, embora a rosa e não a vermelha, detalhes.

A que levou tinha como etiqueta "Relatos de um passivo sublime".

NÃO ERAM CRÍTICAS LITERÁRIAS O QUE HAVIA NA PASTA. As folhas soltas com pouco escrito em cada formavam uma pequena coletânea de textos, que aqui reproduziremos na ordem em que foram originalmente guardados, sempre em itálico e com recuo. Assim:

Nem diário nem aforismos. Minha obra última será algo novo, entre etnologia e filosofia, ou nada será. Decidi parar de dar a bunda e sequer com ela bolinar, o que chamo de siririca em oposição a punheta, que é na frente. Pouquíssimo tem a ver com a minha atual e profunda solidão essa recente empreitada. Algo tão majestoso espreita o jeito que o cu lateja feito pau quando carente que, enquanto artista, não vejo escolha além de viver essa experiência. Exacerbá-la e a ela sobreviver.

Embora tivessem ocorrido em sequência, assassinato e suicídio, Baldomero se sentia entre os dois, sem visão pra fora ou além ou antes, dois totens para os quais era tabu olhar, proibido ignorar, exigido entender. Mas não era sua história, esta é.

Henrique, Ingrid, Fernanda. Haverá um momento para contar a história deles, mas não é este. Não haverá palavras para contar suas histórias porque não são estas. O momento seria este, mas isto é uma anticatarse.

Outro exemplo:

O braço com que escrevo daria eu por um tapinha que fosse no meu cuzinho. Ai, que saudade! Até da minha estabanada mão sinistra já ajudava, as unhas a crescer são prevenção. Como sofre o artista!

A inação como estratégia, o nada fazer como elemento neutro na teoria dos grupos, incluso a priori no conjunto de ações possíveis, sempre, nunca esquecer, e mesmo assim a gravidade, girar com o mundo, o cansaço assistindo em choque ao corpo lutando contra o mundo apenas por existir.

Estar vivo não é viver.

Um pessoal da turma que entrou com Baldomero na geografia perguntou se ele queria ir junto em um estudo de campo na represa de Guarapiranga. Mesmo sem querer falar com ninguém, não estava em condições de negar um passeio.

Disseram que estavam com saudade, e Baldomero teve que checar no Orkut o nome dos envolvidos porque já não se lembrava de todos. Deu outro cano na firma e foi, embora já estivesse pendurado.

FLG0582. FLG0114. Qual seria o código dessa disciplina em que Baldomero provavelmente reprovaria por não ir às visitas de campo que agora, por ironia e desespero, acompanhava de penetra? Mais um dia em que os pensamentos subiam no fim o tom, formando perguntas.

Era no que talvez pensava durante a explicação preliminar no escritório-vestiário dos funcionários da represa, bem arejado apesar das paredes de graúdos tijolos aparentes.

Já no barquinho a motor com um guarda-florestal militar no manejo do leme — porque as represas de São Paulo precisam ser protegidas de invasão estrangeira, suponho —, o professor quase aposentado deu longa explanação sobre ero são enquanto Baldomero observava uma ilhota, tão estreita quanto montanhosa, de terra seca e árvore retorcida no cume. Raízes se expunham nas extremidades, onde corajosos torrões de terra abandonavam a unidade para caírem surdos em água escura.

A carne é fraca. Com cuidado, aproximo a mão unhada ao espaço entre as bandas da bunda e chego a ouvir o esfomeado falar. Uma sutil troca de calor ocorre entre os dedos e o cu, a mão treme de excitação. Tenho medo de que encoste, mas não consigo parar. Devo, em nome da arte!

A primavera este ano está com chuvas bem abaixo da média. Ou foi o contrário o que disse? Não importava, não precisava tomar nota. Nunca mais.

Como se lembrar fosse ver sem pensar, quando se recordava da noite com Camões, algo sobre corujas e cumeeiras lhe vinha à cabeça. O mundo se esconde entre a coruja e a cumeeira, quando nesta aquela está. Viu uma pequena coruja marrom, daquelas que dizem ser bruxa em disfarce, e decidiu ver se encontrava outras. Não precisava tomar nota alguma, o vento tão úmido que a gente se pergunta se está chovendo na horizontal. Não chovia fazia semanas, mas o barco inundava o ar de umidade. Outra corujinha. Talvez devesse ter feito biologia. Matintapereira. Talvez antropólogo.

Pressiono e relaxo, relaxo e pressiono o ânus em improvisos musicais. Assim passo os meus dias, com o poder da minha mente! Acho cuceta a palavra mais linda da língua portuguesa. Tem dia que pisco tanto o cu que me borra a cueca.

Havia um bar ali perto, queriam dar uma esticada, outros queriam aproveitar a carona de quem veio de carro e não queriam emendar. Baldomero se perdeu nas conversas, nada havia dito além dos eventuais olás, e logo vieram os casuais adeuses.

Sozinho, metros à frente do pequeno escritório, mas já do lado de fora das cercas, se viu em uma larga avenida arborizada nas calçadas. No vão entre as duas mãos, mais árvores e uma ciclovia. Tudo muito espaçoso, o sol refrescado pelas tantas sombras, decidiu caminhar.

Depois de várias administrações direitistas e concessões suspeitas, talvez essa região tenha um metrô no futuro, mas ao ignorar os ônibus que passavam por ele de ambos os lados, indo para um dos Embus ou para Santo Amaro, foi a pé que encontrou um cartório.

Havia mais um motivo para ter aceitado um escape naquele dia; sabia que, quando chegasse em casa, lá estaria Fernanda. Incapaz de exigir respostas de sua própria irmã, Baldomero temia o que demandaria da colega de trabalho. Mais do que nunca, amiga seria palavra forte aqui. Casa, outra. Trabalho, mais uma.

Era hora de agir, supôs.

Sempre tenho diarreia antes da prisão de ventre, acho fascinante. Anoto a vida do meu cu como se quisesse pagar com amor a falta de rola a que lhe submeto, em nome da arte. A devoção da próstata pelo seu homem é admirável. Meses não a satisfaço e a danada, sem rancor ou sequer forma, por dentro ainda me acaricia e por trás me pressiona o pau, ajudando na punheta, uma mágica sem precedentes. Peço perdão.

Resoluto, entrou no cartório. Mudar de nome, seria Valdomiro. Pegou senha e logo foi direcionado a um balcão no meio da recepção, pré-atendimento.

Embora não tivesse por meta tornar-se estúpido, como queria o Antoine de Martin Page, não raro caía Baldomero na mesma bobagem de achar que no mundo todo mundo era de um jeito ou era de outro, agiria assim ou assado, que de par em par toda gente ou concordava do fundo do coração e faria o mesmo ou não desejava e não faria nada além do exato oposto, com a mesma determinação. Seria ainda mais verdade quando a mesa vira, ou seja, na hora de receber o que se costuma dar, não são muitas as opções. De fato, apenas duas.

Quem com atendimento ao público trabalha com atendimento ao público será recebido, em algum momento, e por trauma ou casca grossa será ou bem mais compreensível que a média ou o pior pesadelo da pobre vítima colateral.

Baldomero gostava de deliberar que, da dicotomia arbitrária, se enquadraria no grupo da benevolência; veremos.

E daí apareceu Henrique.

O NARRADOR ABANDONA BALDOMERO: o cliente pediu que ele dissesse seu nome completo, não estranhou, tanta gente por aí tentando dar nome e cara a problemas estruturais. Respondeu: Rodrigo Hiroshi Nomura. Um balcão-mesa os separava. Com voz suave explicou com calma que ali era cartório de imóveis e aquilo certeza era em outro local, era estudante de direito, sabia detalhes, mas não tudo. Perguntou ao cliente se já havia se casado no papel, o cliente respondeu que, embora a justiça tenha autorizado casamento de viado no país, e de lésbicas também, incluiu, este não tinha ainda achado a sua tampa; certidão de nascimento, então. A depender do motivo, explicou, era só comparecer a um cartório civil com a certidão de nascimento, dinheiro e o motivo, o motivo qual seria? Após ouvir a explicação, sentenciou que aí complicava, precisaria de requisição judicial, um juiz decidiria se era de fato exposição ao ridículo ou não. Interessado, até especulou, embora recomendasse firmemente que o cliente procurasse um advogado, que era uma situação muito peculiar, provar apelido notório em vez de constrangimento se pá (não existe empatia na norma culta do português) era mais fácil. O cliente perguntou se Hiroshi era nome ou sobrenome, Rodrigo estranhou, mas respondeu que era nome, ele era Rodrigo e era Hiroshi, o cliente sorriu e disse que deveria ser bom já ter no papel de onde escolher um outro nome. Parecia triste o cliente interessante, se desarmou o atendente e caiu numa tangência, a *bachan* o chamava de Hiroshi, ele gostava de Rodrigo, e brincou que não sabia por que japonês escolhia para nome brasileiro os mais difíceis de japonês pronunciar, e tentou imitar como a própria avó falava Rodrigo, os amigos, os amigos o chamavam de Nomura, no fim ele tinha três nomes. Terminou e sorriu de volta.

O cliente perguntou que horas ele saía, envergonhado Rodrigo trocou o riso por uma risada, daí o cliente afirmou que nunca tinha pegado japonês. Os olhos de Rodrigo.

O narrador se contradiz: bateu. De repente, bateu. Caso prefira como eu, não falemos em termos de psicologia ou neurociência. Tentemos, mais uma vez, via arte: houve um eco tão vasto que antes de chegar precedeu o fato, e no átimo da cena, a do ato, dali conduziu a uma exegese, um posfácio explanatório posto à orelha, um barítono que no primeiro solo, nu, revela tatuado no peito o libreto completo da peça e, com zoom e contradição, no detalhe vemos o todo; a ária ganha, finalmente, legenda.

Se enganam os estetas: nada tem a ver o alumbramento com a revelação, embora próximos feito cu e calça. A revelação, que é o que Baldomero está experienciando no momento, entrega um tipo muito específico de burrice, sem braços de comunhão ou pernas para mentir; tem pressa e arde como uma abstinência.

Entender e se saber parvo no mesmo átimo. À lista do que não entendeu, contudo, incluiu sair correndo enquanto contava dos dedos as juntas.

Esbaforido ou arfando, suando pressão baixa contra um muro ou disfarçando paisagem em trânsito, Baldomero contou e recontou quantas digitais tinha por mão. Deveria haver mais, deve haver mais. Exausto, parar também era esforço.

Eram nove em cada dorso.

"NOSSA, NÃO. Vários nãos, vários nossas e vou te explicar por quê. Insustentabilidade é uma palavra medonha, não? Curioso que insustentável e felicidade soam mais naturais. Será o tamanho? O problema aqui, Baldomero, é a insustentabilidade da situação, eu sei e tu sabe também, eu falo tu mesmo, não sei de onde criei o hábito. Uma sábia mulher uma vez me disse que um dos traços que define o machismo é a negação, um estado absoluto e irrevogável de negar, adiar, não encarar. Sabe aquela anedota? O que mais se parece com um macho de direita é o esquerdomacho, e bicha reproduz machismo até o cu bater palminha, o centro do reflexo é sempre o mesmo, põe reparo, as letras talvez precisem de um terceiro espelho, mas as similitudes são evidentes. Você chega aqui contando dos dedos as dobras, pondo banca, que eu tenho a obrigação risível de resolver as coisas entre você e o Henrique, e esse não é o seu principal problema no momento, e tu sabe. Justa causa aos 25, Baldomero? Não pega bem. Tu bem sabe que vai ser isso a ocorrer se não se demitir antes, é uma dica, uma sugestão, eu sei que tu faltou hoje de novo, não serei eu a contar as suas advertências por escrito, embora seja para mim que perguntem onde você se meteu.

Dane-se o Henrique, Baldô, é ele que tá aqui? Ou você ainda não percebeu que ele já pulou desse barco faz um bom tempo? Quando ainda havia sol. Falar com ele vai resolver o quê? Nada resolve nada. Se eu disser: 'Eles não são brutos o suficiente pra ir e com certeza enforcar uma mulher, são? São todos tão diferentes. Sinto muitíssimo, e estou certa de que você também assim sentia. Sim, acho que ele os fez. Não posso esperar até segunda, liiiiiiiisvrefronnnnste trem. O fundo do poço de cinzas, Veloso foi o primeiro a chegar. Aquele trem lá longe pianíssimo iiiiiiii mais uma canção, aquilo foi um alívio. Como as águas rolam em Laore, quem sabe se algo importante? Contudo, o que farei com ele? Não, de jeito nenhum ele ter maneira alguma', o que resolve? Nada! Tanto quanto a razão ou o merecimento não resolvem, mesmo se eu quebrasse sete vezes em oito parágrafos. Nada se resolve, eis o ponto, fura a peneira, a gente tapa o sol com outra por cima e finge que café da manhã é gostoso e não necessidade. Não abra mão do prazer, Baldomero, nunca, o prazer é a salvaguarda do direito, mas permaneça atento. O amor, por exemplo. O amor nada resolve: é remendo em roupa que serve. O que a gente precisa mesmo é mais embaixo, comida e respeito, o resto a gente cobre com hobby e distração. É simples, mas se parece com provar que zero não é três. Uma sede que dá fome e quando bebe engana, mas não sustenta, engana a ponto de arrotar, e às vezes se troca por um prato de comida, mas sempre não recomendo. É assim que vejo o desejo funcionar, um eco que produz mobília. O amor, Baldomero, o amor sempre cai do chão. A gente confunde com amor umas coisas que edificam ou desmoronam, mas nunca é ele, o que o Bruno sentia pela sua irmã não era amor, era perigo vindo de perigo, o nome do cramunhão disfarçado de vírgula. Entende o que tou falando? O seu problema não é o gelo do Henrique, e nem tu me convencer a fazer por ti com ele o meio de campo, não viaja, o trajeto será bem mais curto. Aqui tu não fica mais. Você nem sabe, mas a tua tia separou daquele escroto faz anos e ofereceu o quarto extra para você passar um tempo, não pedi pra Gorete porque sei que ela usa o outro quarto para costurar pra fora. Você sabia que, em casa que homem e mulher dividem as tarefas, a tarefa mental de quem faz o quê e quando, além de ensinar, sempre é da mulher? Eu e Ingrid já fizemos o corre todo, tu abraça se quiser, mas a ideia tá dada. Mas aqui tu não fica mais. Descansa um pouco, põe a cabeça no lugar, arranja outro trampo, ajuda na lojinha da sua tia, se planeja pra destrancar a facu, dá seus pulos que nem tu fala. A vida é um funil, mas a água é sempre a mesma. Estamos entendidos?"

"Sim."

A marca FSC® é a garantia de que a madeira utilizada na fabricação do papel deste livro provém de florestas gerenciadas de maneira ambientalmente correta, socialmente justa e economicamente viável e de outras fontes de origem controlada.

Copyright © 2022 Leandro Rafael Perez

Todos os direitos reservados. Nenhuma parte desta obra pode ser reproduzida, arquivada ou transmitida de nenhuma forma ou por nenhum meio sem a permissão expressa e por escrito da Editora Fósforo.

EDITORA Rita Mattar
EDIÇÃO Eloah Pina
ASSISTENTE EDITORIAL Mariana Correia Santos
PREPARAÇÃO Tatiana Vieira Allegro
REVISÃO Eduardo Russo e Rosi Ribeiro
DIREÇÃO DE ARTE Julia Monteiro
CAPA Alles Blau
IMAGEM DE CAPA Oga Mendonça
PROJETO GRÁFICO Alles Blau
EDITORAÇÃO ELETRÔNICA Página Viva

Dados Internacionais de Catalogação na Publicação (CIP)
(Câmara Brasileira do Livro, SP, Brasil)

Perez, Leandro Rafael
  Baldomero : (ou Babá, para os íntimos, inexistentes) / Leandro Rafael Perez. — São Paulo : Fósforo, 2022.

  ISBN: 978-65-89733-61-4

  1. LGBTQ - Siglas 2. Romance brasileiro I. Título.

22-107787   CDD — B869-3

Índice para catálogo sistemático:
1. Romances : Literatura brasileira   B869.3

Eliete Marques da Silva — Bibliotecária — CRB/8-9380

Editora Fósforo
Rua 24 de Maio, 270/276
10º andar, salas 1 e 2 — República
01041-001 — São Paulo, SP, Brasil
Tel: (11) 3224.2055
contato@fosforoeditora.com.br
www.fosforoeditora.com.br

Este livro foi composto em GT Alpina e
GT Flexa e impresso pela Ipsis em papel
Pólen Bold 90 g/m² da Suzano para a
Editora Fósforo em maio de 2022.